Col "Patrie"



20 c.
Le récit complet illustré

JULIE CRÉMIEUX

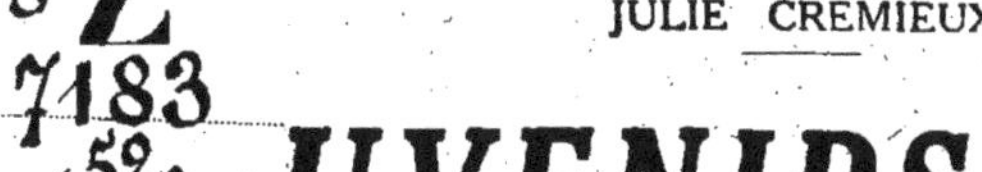

# SOUVENIRS D'UNE INFIRMIÈRE

F. ROUFF, Éditeur, PARIS

# I

## MOBILISATION DES INFIRMIÈRES

Paris sous le chaud soleil qui ne ménage pas ses rayons cette année semble encore plus beau, ses jardins sont fleuris, ses monuments sont majestueux, patinés par le temps ils se détachent mieux sur le bleu du ciel.

Les Parisiens qu'on y trouve encore, demeurés pour attendre le résultat d'examens ou de concours, sont en pleins préparatifs afin de fuir la capitale au plus vite lorsqu'ils le pourront pour profiter de ces vacances qui s'annoncent si belles.

Mais les fronts sont soucieux.

Certains optimistes disent bien : « Bah! c'est comme les autres fois ». Les autres n'espèrent plus.

En effet par un beau jour d'été ce samedi premier août vers les cinq heures du soir de grandes affiches sont collées jusque sur les murs des granges du plus plus petit hameau français, annonçant la mobilisation générale! Car la guerre, cette guerre que toute femme par instinct de sensibilité appréhendait, est déclarée avec l'Allemagne.

Les hommes jeunes et vieux partent enthousiastes, joyeux et confiants.

Que font les femmes?

Elles ne pleurent pas, elles ont su cacher leurs larmes à ceux qui partaient les défendre et maintenant que les voilà seules, toutes, même les plus habituées à se ménager, à s'écouter, femmes jeunes ou âgées et jeunes filles offrent avec un élan admirable leurs services aux Sociétés de Secours aux Blessés.

Le siège social des trois Sociétés de Croix-Rouge est littéralement envahi, il y a foule, il faut un service d'ordre assuré par des agents pour obtenir de passer chacune à son tour et un va-et-vient méthodique. Les unes mettent à la disposition de la Société leur maison qu'elles proposent de transformer à leurs frais en ambulance, les autres offrent leurs bras.

Je me présente à la Société de Croix-Rouge où j'avais fait mes études et passé mes examens, afin de remplir l'engagement que j'avais contracté de servir en temps de guerre.

La surprise, l'affolement rendirent les premières heures très pénibles, les hôpitaux étaient à organiser, tout le monde voulait faire « de la Croix-Rouge », toutes les femmes mues par un bel élan de patriotisme et un besoin d'abnégation voulaient être infirmières, bien que beaucoup d'entre elles fussent incapables de supporter la vue du sang. Elles ne se rendaient pas bien compte du rôle de l'infirmière; moi-même qui le connaissais et avais vu beaucoup de choses, je ne soupçonnais pas que l'avenir me réservât de telles visions.

Il fallut donc endiguer cette foule de bonnes volontés, faire des cours, organiser des examens, recueillir des dons généreux de toutes sortes et s'occuper de l'aménagement des locaux, de l'installation et de l'approvisionnement des hôpitaux.

Nous vécûmes un mois inoubliable à tous les titres. C'était la véritable Union Sacrée; plus de différence de caste, ni de milieu, tout le monde parlait affablement et s'entr'aidait, les femmes les plus élégantes portaient les paquets les plus invraisemblables, la générosité n'avait plus de borne; les cochers, les chauffeurs ramenaient les infirmières chez elles sans vouloir accepter un sou, enfin tous les Français avaient conscience d'un rôle à remplir et ils l'ont tous bien rempli.

Je fus désignée pour faire trois cours par jour aux nouvelles infirmières; l'après-midi nous allions en automobile par équipe de trois ou quatre, quelquefois deux, dans les différentes gares, du Nord, Saint-Lazare ou Batignolles, pour recevoir, soigner et ravitailler les malheureux évacués des régions envahies.

Notre rôle énergique, autoritaire avec douceur, maternel sans faiblesse ni crainte commençait, ce rôle de femme qui doit tout voir, compatir, réconforter, encourager sans que jamais un muscle de son visage trahisse son émotion... J'ai assisté à des scènes terribles, j'ai vécu des moments poignants. Des hommes, fuyant comme des bêtes traquées pour ne pas être pris par les Allemands, échappés par un côté de leur ville pendant que leur femme et leurs enfants passaient d'un autre, les avaient perdus sans savoir ce qu'ils étaient devenus, s'ils avaient été rejoints ou s'ils avaient pu échapper aux assassins; des femmes, avec un enfant au sein, d'autres agrippés à leur jupe, qui les yeux secs, hagards, la voix rauque disaient sans un cri, sans une plainte, sans un geste : « J'ai égaré mon petit de cinq ans, je ne sais pas ce qu'il est devenu. » Quelques-unes n'avaient rien en mains, certaines portaient un petit baluchon contenu dans un mouchoir ou une cage d'oiseau, parfois vide! J'en ai vu avec un simple balai dans les bras.

Tous ces êtres qui avaient été forcés d'abandonner leur petit coin de terre, leur maisonnette, le résultat de plusieurs années d'efforts, d'économies, de privations, des objets, de pieux souvenirs qui passaient de génération en génération, tous ces gens étaient calmes, leur douleur poignante était digne, ils parlaient peu; tous étaient exténués de fatigue, plusieurs ayant parcouru des kilomètres et des kilomètres à pied, en transportant souvent une partie de leur mobilier, qu'ils avaient dû abandonner ensuite; c'est par eux que nous avons connu l'avance des Allemands, mais on n'avait pas le temps de s'appesantir sur ce qu'ils racontaient, il fallait donner des soins aux enfants, aux vieillards, aux femmes, installer tant bien que mal toutes ces familles pour la nuit dans les salles d'attente; il y avait des brancards pour les malades, des chaises et de la paille par terre pour coucher les enfants.

Nous ne savions plus ce que c'était que de s'asseoir, de toute la journée ou de toute la nuit; mais nous ne sentions point notre fatigue, il faisait terriblement chaud, nous ne trouvions pas de quoi manger ni boire mais nous croquions des morceaux de sucre.

## II

### DANS LES GARES D'ÉVACUATION

QUAND nous étions désignées pour passer la nuit dans les gares d'évacuation, comme j'y fus affectée à partir du 18 août, au lieu de rester avec les réfugiés jusqu'à minuit, heure à laquelle nous étions remplacées, nous quittions le siège social de la Société à sept heures, chargées d'objets de pansement. Des automobiles avec le fanion de la Croix-Rouge nous emmenaient, elles avaient le coupe-file et cornaient sans répit comme des voitures de pompiers. Nous traversions Paris, suivies ou précédées par des ambulances, à une allure vertigineuse, nous dirigeant sur le Bourget, Juvisy, la Chapelle, Aubervilliers-la-Courneuve ou la Varenne-Saint-Hilaire. Nous mangions en route, malgré la poussière que nous avalions, des sandwichs dont nos familles avaient eu le soin de nous munir.

Je ne puis m'empêcher de songer à la recommandation que me fit ma mère, la première fois que je partis pour le Bourget.

— Je t'en supplie, me dit-elle, je ne t'empêche pas de faire ce que tu dois, mais promets-moi de prendre garde aux courants d'air!

Nous ne nous arrêtâmes pas à la gare même, mais sur le quai d'une voie de garage pour les trains de marchandises. Il n'y passait que les soldats et les infirmières qui avaient le mot ardre; d'ailleurs depuis la sortie de Paris, des sentinelles de loin en loin l'exigeaient.

On nous fit descendre d'auto devant une tente sous laquelle on avait mis de la paille. Là étaient étendus les grands blessés qu'on avait jugés incapables de continuer le voyage, car les trains se dirigeaient vers le Midi; près de notre automobile se trouvait une voiture de livraison attelée d'un seul cheval et portant en lettres dorées un nom suivi de: « Pâtissier-Confiseur. » Nous dûmes nous effacer pour laisser passer un brancard, recouvert d'un linge blanc, qui fut hissé dans cette voiture transportant d'habitude des friandises pour des fêtes et des réjouissances! Cette fois-ci elle emportait un petit soldat français de vingt et un ans qui venait de rendre le dernier soupir! Voilà ma première vision de guerre, elle ne s'effacera jamais de mes yeux.

Non loin de la nôtre se trouvait une autre petite tente où des dames de tous rangs de la localité préparaient des boissons froides et chaudes, coupaient d'énormes pains en morceaux, séparaient des tablettes de chocolat, découpaient des rôtis, le tout fourni ou fait par elles avec un merveilleux dévouement. De pauvres gens très bien accueillis et remerciés comme il convenait, apportèrent six morceaux de sucre, un demi-pain et une bouteille de vin; je me souviens même d'un pauvre infirme qui donna six sous pour les frais de la cantine!

Notre premier train de blessés arriva à dix heures du soir : il en amenait cent cinquante!

Je vis des wagons où parfois jusqu'à quinze hommes étaient étendus à même sur le parquet ou couchés sur de la paille, des fourgons qui quelques jours auparavant tout fleuris transportaient des hommes vibrants, heureux de vivre, qui riaient et chantaient en s'amusant à tracer avec de la craie des casques à pointe ou des inscriptions comme celles-ci : « A Berlin! » « Paris-Berlin! » ou « Nous allons chez Guillaume! » Ces hommes maintenant souillés, couverts de poussière et de sang, vêtus d'uniformes en loques, troués par les balles ou coupés, pour les pansements, geignaient, gémissaient ou se plaignaient douloureusement.

Rien ne peut dire l'horreur de ces gémissements sortant de ce trou noir! car ils étaient dans l'obscurité complète! Il faisait une chaleur accablante, les portes de tous les fourgons étaient ouvertes; quand on s'en approchait, une odeur âcre de sang, de transpiration et de fièvre nous prenait à la gorge. Nous nous hissions comme nous pouvions, puis enjambant le corps de ces premières victimes des Boches, après le passage du major de garde, nous faisions des piqûres à la lueur d'une lampe, prêtée pour la nuit par un homme d'équipe; nous aidions ces braves des premiers chocs à changer de position et eux-mêmes nous indiquaient ceux dont l'état réclamait les soins les plus urgents; nous refaisions les pansements qui avaient glissé pendant le voyage ou qui étaient traversés; quelques blessés n'en avaient même pas; puis nous leur donnions à boire, car la fièvre, la chaleur et le voyage qui avait duré trois jours les faisaient souffrir de la soif.

— Vous êtes bonne! (p. 7.)

Les moins fiévreux voulaient savoir où ils étaient et vers quel coin de la France on les dirigeait.

Nous descendîmes ceux dont l'état réclamait une intervention immédiate. Nos voitures d'ambulance les menaient à Paris sans perdre une minutes, puis ce fut le tour de ceux qui agonisaient et que nous gardâmes sous notre tente.

C'est ainsi que je découvris dans le coin d'un wagon un tout jeune sous-lieutenant étendu sur quelques brins de paille. Sa tête reposait sur une capote pliée; son visage très pâle et émacié, ses yeux clos faisaient croire qu'il dormait, mais en l'observant mieux on s'apercevait que ses traits fins étaient empreints d'une grande souffrance et qu'ils se crispaient et se contractaient sans cesse, ses beaux cheveux blonds et soyeux trempés par la fièvre étaient collés sur son front large et bombé.

Je fus profondément émue à l'aspect de ce visage jeune et si douloureux. Où siégeait la blessure qui le faisait tant souffrir?

Je cherchai anxieuse et m'aperçus que la jambe gauche de son pantalon garance avait été coupée et qu'un large pansement maculé de sang entourait sa cuisse; alors appuyant délicatement ma main sur son épaule et d'une voix que je cherchais à affermir et à rendre douce en même temps, je lui dis :

— Vous souffrez beaucoup, mon lieutenant?

A ces mots prononcés lentement et à mi-voix, ses yeux s'ouvrirent et nos regards se croisèrent; je luttai pour que le mien ne se voilât pas; le sien, où je pus lire son étonnement, alangui par la souffrance et la faiblesse, s'efforça de percer l'obscurité presque complète qui nous enveloppait et de mieux distinguer d'où provenait cette voix; il se souleva sur son coude et ponctua cette phrase :

— Une infirmière! est-ce que je ne rêve pas?

— Vous ne vous trompez pas. Avez-vous besoin de quelque chose, souffrez-vous beaucoup?

— Oui, mais il y en a tant comme moi!

— Voulez-vous boire?

A ce moment-là je tâtai sa main, elle était brûlante.

— Je veux bien, j'ai si soif.

Je ne fus pas fâchée de devoir aller lui chercher une boisson pour cacher l'émotion qui me gagnait inconsciemment; je sortis avec des infirmiers qui portaient un brancard et je fis descendre le lieutenant; j'avais demandé au major de venir le voir et en attendant je lui fis prendre un peu de thé chaud.

Lorsqu'il me vit me baisser et le faire boire comme un enfant, ses grands yeux bleus brillants de fièvre me regardèrent fixement d'un air reconnaissant et comme s'ils voulaient conserver le souvenir de mes traits, puis d'une voix très émue il dit ces simples mots :

— Vous êtes bonne!

A ce moment-là le major passa, lui demanda par quoi il

avait été blessé; lorsqu'il sut que c'était par une balle non encore extraite, il se tourna vers moi, me pria de faire une piqûre et ajouta pour moi :

— Nerf sciatique probablement touché puisque forte douleur au pied, première hémorragie simplement tamponnée, crainte de récidive, à diriger sur Paris avec précautions, demandez tout de suite une voiture d'ambulance.

Les prescriptions du major furent exécutées; et avec ménagements nous transportâmes le blessé jusqu'à l'ambulance; je l'installai moi-même dans la voiture qui allait le conduire à Paris. J'aurais voulu pouvoir le garder et continuer à lui prodiguer mes soins, mais l'auto démarrait, je lui serrai la main affectueusement, lui me la pressa fortement, il ne put me dire autre chose que « merci! » il semblait inquiet mais surtout très ému; j'avoue que quand il s'éloigna je sentis couler sur ma joue une larme que je n'essuyai même pas; je ne pus m'empêcher de le suivre par la pensée en me demandant : « Que va-t-il devenir? guérira-t-il? le reverrai-je jamais? »

Mais d'autres blessés réclamèrent mes soins; et faisant un effort sur moi-même pour secouer cette espèce de torpeur qui m'avait envahie un moment, je me remis au travail.

Le second train arriva à minuit quinze; il y avait juste un quart d'heure que l'autre était parti; puis d'autres trains se succédèrent pendant toute la nuit presque sans interruption.

Nous n'eûmes pas de répit, de dix heures du soir à neuf heures du matin. A ce moment une autre équipe arriva de Paris.

Tous les trains n'amenaient pas de grands blessés. Parfois nous recevions des blessés moyens; certains n'étaient qu'éclopés; ceux-là descendaient pour prendre un peu l'air. Ceux qui avaient une jambe bandée avançaient en sautant et tenant par le cou des camarades qui avaient le bras en écharpe; nous leur donnions des cartes et ils griffonnaient hâtivement pour leurs familles quelques mots, que la plupart du temps nous portions nous-mêmes, afin que ces nouvelles parvinssent plus vite aux parents anxieux.

Leur moral, une fois à l'arrière, restait bon, quelques-uns disaient bien simplement : « Ils sont forts. » Mais ils ne savaient rien, ils ne comprenaient pas pourquoi on les faisait reculer;

ils n'avaient souvent pas vu d'Allemands, sauf des prisonniers. Un train en amena quarante, enfermés dans un wagon tout à fait à l'avant. Nous avions ordre de ne pas nous en approcher seules, les soldats eux-mêmes nous le défendaient et tenaient à nous accompagner.

Dans d'autres trains nous vîmes des Anglais qui nous appelaient : « Sister » et ne savaient pas un mot de français; puis des réfugiés encore, enfin dix trains passèrent cette nuit-là, ce qui représente quelque chose, à trois, quatre ou cinq cents blessés par train.

Puis les jours se suivent et les trains continuent à amener toujours d'autres blessés; notre sensibilité est mise à une dure épreuve bien que nous prenions peu à peu mieux sur nous, notre compassion trouve à maintes reprises l'occasion de se manifester mais maintenant, nous savons sentir, être émues, compatir tout en restant impassibles.

Malgré d'autres souffrances semblables et aussi stoïquement supportées je ne puis cependant pas oublier mon blessé du premier soir, le petit lieutenant si courageux que je fis partir pour Paris; il a fait d'autant plus d'impression sur moi que je n'étais pas encore aguerrie, son image me suit sans cesse...

Mon service de gare se termina le 6 septembre, un dimanche, à la Varenne-Saint-Hilaire, nous attendions toutes les minutes qu'on donnât l'ordre d'évacuer la ville; c'est alors que je quittai la gare d'évacuation pour prendre du service dans un hôpital auxiliaire.

## III

### UN HOPITAL AUXILIAIRE DE LA CROIX-ROUGE

La directrice du personnel qui m'avait fait faire le service des gares d'évacuation, me désigna le poste que je devais occuper dans un de nos hôpitaux auxiliaires, qui ouvrirait incessamment, et m'annonça, dès le 6 au soir, que j'avais à prendre possession de mes nouvelles fonctions.

Le 7 septembre au matin je me rendis donc dans un bâtiment scolaire transformé en hôpital où notre Société de Croix-Rouge avait mis cent cinquante lits.

Une installation pareille ne s'improvise pas d'un jour à l'autre, et bien que nous fussions prêtes à partir de ce jour, il restait encore bien des détails à régler.

Puisqu'il n'y avait pas encore de malades, les directrices de salle, pour mieux dire les infirmières-major pouvaient organiser comme elles l'entendaient et à leur guise la salle qui leur était assignée; celle où je fus affectée comptait vingt lits; sur une grande pancarte au-dessus de la porte on lisait : « Salle de Chirurgie n° 3. »

Nous préparâmes des objets de pansement en attendant les malades.

Je me souviens encore, c'était le 21 septembre 1914, il était six heures du soir. Les quatre coups de cloche annonçant des arrivants firent tressaillir tout le monde; car c'était la première fois que nous les entendions et pourtant depuis le 7 nous restions à l'hôpital sans avoir le droit d'en bouger.

Deux voitures s'arrêtèrent devant la porte; elles amenaient huit blessés, très atteints, couverts de sang et de poussière.

Le premier moment fut très dur pour les infirmières qui

n'avaient pas encore vu de blessés et qui eurent à déshabiller ces hommes gémissants et douloureux.

Le visage de ces pauvres « débutantes » était aussi blanc que leur blouse, leurs mains tremblaient légèrement, mais elles se raidirent contre cette émotion poignante, bien compréhensible et qu'il serait regrettable qu'une femme ne sentît point.

Dès lors, les blessés se succédèrent sans interruption nuit et jour et le travail devint intense.

Chaque blessé, à son arrivée, est soigneusement nettoyé, dans la salle des Entrants. De plus on lui donne du linge propre et chaud; alors seulement on le monte dans une des salles. Grâce à cette manière de faire nous n'avons jamais eu de « totos » dans l'hôpital. Même lorsqu'il n'y a qu'un blessé la salle des Entrants est désinfectée.

A part les médecins et quelques infirmiers, l'hôpital n'est composé que de femmes, dont voici les différents postes et services : la directrice qui doit signer les pièces militaires avec le médecin-chef et recevoir les visites officielles; la nôtre étant aussi une infirmière très capable a la charge d'anesthésier tous les opérés; — la secrétaire, qui établit tous les papiers militaires (vous vous doutez de la quantité), qui paye le prêt, tient tous les comptes de l'hôpital, commande tous les vivres, a tout le personnel sous ses ordres, assiste jour et nuit aux derniers moments des blessés, s'occupe de toutes les démarches, reçoit les malades, signe les fiches et les laissez-passer des visites; comme elle est aussi infirmière, elle est toujours là lorsqu'on opère et parfois même aide aux opérations, et nous donne un coup de main pour nettoyer les malades lorsqu'ils arrivent la nuit; — l'infirmière-chef qui suit la visite et fait certains pansements; — la pharmacienne qui s'occupe de la salle d'opérations, de la stérilisation, de la distribution des médicaments, de certaines analyses que toutes les infirmières diplômées doivent et savent faire; — la directrice de la lingerie qui distribue le travail à plusieurs dames de bonne volonté qui raccommodent le linge, le comptent et le reçoivent; — les dames de la dépense qui surveillent les cuisinières et ont la responsabilité des provisions, font les menus; l'une d'elles s'occupe aussi du service de désinfection et du vestiaire; elle prend les effets des blessés à leur arrivée; après la désinfection tout est vérifié, raccommodé, numéroté et gardé dans des casiers; les bijoux, l'argent sont remis à la secrétaire qui les conserve dans son coffre (une petite boîte particulière pour chaque dépôt) et en donne avec la valeur détaillée un reçu à chaque déposant. Et si vous saviez comme cela est scrupuleusement et minutieusement organisé!

Tout marche admirablement, jamais un reproche du service de santé au sujet de l'administration. Je peux dire avec fierté et surtout sans fausse modestie que toutes ces femmes, plus ou moins habituées à être dorlotées, à se lever tard, à s'occuper d'une façon plus ou moins suivie et sérieuse de leur intérieur ont donné et donnent encore après de nombreux mois d'un travail acharné et fatigant, une preuve de constance, d'endurante volonté. Certaines ont montré un esprit d'organisation et de fermeté tout masculin; elles prirent leur rôle au sérieux et elles le remplissent toujours avec une ponctualité remarquable, car elles veulent montrer ce dont elles sont capables et fournissent un bel exemple d'énergie et de dévouement.

## IV

### UNE INFIRMIÈRE DANS SES FONCTIONS

Une cloche puissante tintait trois longs coups le matin, ce qui signifiait qu'il était sept heures, que le service de nuit était terminé et que les équipes de jour devaient faire leur entrée dans les salles.

Avec exactitude à cette heure-là j'arrivais dans la mienne commencer ma journée et lançais :

— Bonjour, mes enfants!

De tous les côtés de la salle avec des timbres différents, les

Bonjour, la [illegible] ! (p. 14.)

uns affaiblis par la souffrance, les autres agrémentés de l'accent faubourien, ces mots étaient prononcés avec joie :

— Bonjour, la capitaine!

Ce surnom d'amitié respectueuse m'avait été donné par un titi parisien et passait de malade en malade.

Sans orgueil, mais avec satisfaction, je dois constater qu'ils m'aimaient bien tous. Je faisais souvent des parties de dames ou de loto, désireuse toujours de distraire mes braves poilus et d'entretenir par un bon moral une atmosphère agréable et une saine gaieté dans ce dortoir de souffrance. Ah! on n'engendrait pas la mélancolie dans cette salle 3! Pourtant je menais mes hommes militairement, comme d'ailleurs mon infirmière auxiliaire; l'ordre, l'exactitude, la discipline régnaient, il fallait que tout marchât rondement, tout étant réglé, les toilettes, le ménage, les pansements.

Les anciens de la salle initiaient les bleus aux habitudes de la « carrée 3 ».

« Ne jamais fumer, ou du moins défense absolue de se laisser prendre la cigarette à la bouche avant le déjeuner et après le dîner.

« Ne pas jeter les mégots par terre, ni la cendre, ni des papiers.

« Prohibition formelle de s'asseoir sur les lits, de jouer de l'argent à des jeux de hasard ou aux cartes. »

Or, après avoir souhaité le bonjour à « mes enfants », j'ouvrais les volets et, commençant par un bout de la salle pour finir par l'autre, m'arrêtant à chaque lit je donnais successivement vingt poignées de main, et, bien que connaissant déjà le rapport de la nuit, transmis par l'infirmière qui avait veillé, je demandais à chacun d'eux s'il avait bien dormi.

La composition de ma salle était parfois bizarre et amusante. Il y passa des types vraiment originaux.

J'eus entre autres un bleuet de vingt et un ans; c'était le Benjamin de la salle, mais il avait souvent le cafard et il fallait voir tout ce qu'inventaient les copains pour le distraire.

Une fois, ayant appris par l'infirmière de nuit qu'il avait pleuré longtemps, je me penchai sur son lit en lui souhaitant le bonjour et lui dis :

— Eh! bien, « Petites Pattes » (surnom que lui avaient

donné ses camarades parce qu'il avait les jambes très courtes et était blessé par soixante-quinze éclats d'obus des pieds aux genoux), et ce cafard? Etes-vous plus raisonnable? Il ne faut pas pleurer; certes vous devez penser à votre maman et je comprends combien il est pénible pour vous de savoir votre mère, vos sœurs dans les pays envahis et de n'en recevoir aucune nouvelle depuis plusieurs mois, mais maintenant que la secrétaire de l'hôpital a pris tous vos renseignements et qu'elle vous a promis de faire l'impossible pour savoir quelque chose, il faut montrer un peu de patience et de confiance.

L'âge reprenant le dessus, « Petites Pattes » retrouva sa bonne humeur et sourit.

A côté de lui, un zouave aux fortes moustaches, à l'accent montmartrois très prononcé, très gamin de Paris, qui s'était lui-même surnommé « l'Illustre Vingt-Trois » parce qu'il occupait le lit portant ce numéro, s'assit tranquillement et très gentiment, par plaisanterie se mit à contrefaire la secrétaire, quand elle apparaissait dans l'embrasure de la porte, les mains dans la poche de son tablier, sa jolie tête brune soutenue par un faux-col, en disant : « Bonjour messieurs! » ou quand plus tard elle prononçait : « Messieurs, voilà la soupe! »

Ces deux phrases scandées, soulignées par une mimique drôle firent rire toute la salle.

Les approbations unanimes pour l'imitation furent calmées par la distribution des thermomètres et la journée commença semblable à tant d'autres.

Les thermomètres étaient relevés et la température marquée; les pulsations signalées par un crayon de couleur sur les feuilles de température; puis venait le moment des toilettes : il fallait envoyer au lavabo les valides qui allaient clopin-clopant, leurs serviettes sur le bras, le savon en main, vers une salle spéciale où tous ces braves oubliant leurs souffrances passées et leurs douleurs présentes chantaient, sifflaient, riaient, s'aspergeaient et jouaient comme des enfants; il fallait préparer pour ceux qui ne pouvaient se lever une cuvette avec un peu d'eau chaude qu'on plaçait sur un tabouret près de leur lit et laver enfin ceux qui par leur position, leur état ou leur blessure étaient dans l'impossibilité de se servir eux-mêmes. Ensuite on refaisait les lits et cette besogne terminée, pendant que mon auxiliaire, une charmante brunette, une de mes amies d'enfance, Mlle Girard, s'occupait du rangement de la salle, du ménage, je préparais en attendant le « toubib » les objets de pansement. Si le chirurgien tardait trop je commençais les miens, ceux qui n'offraient rien d'anormal et je faisais alors un brin de causette, car une des principales préoccupations de l'infirmière doit être de distraire ceux qu'elle panse.

C'est ainsi que je leur parlais des visites qu'ils espéraient recevoir, les dimanches et les jeudis, de une heure à trois.

J'avais obtenu d'une amie qu'elle fût la marraine de « Petites Pattes » et voulant à toute force le faire parler ce jour-là afin de lui changer les idées, je lui demandai s'il comptait sur la venue de sa marraine.

— Je l'attends, me dit-il, et elle m'a même promis beaucoup de bonnes choses.

— Oui, ajoutai-je, c'est jeudi aujourd'hui, vous savez, mes enfants, je vous recommande comme toujours de ne rien laisser traîner, je tiens à ce que les visiteurs trouvent tout parfaitement rangé.

— Soyez tranquille, capitaine, je veillerai; dit un homme sympathique dont le bras gauche était soutenu par une écharpe.

— C'est ça, Boda, je compte sur vous. Votre femme viendra-t-elle vous voir avec vos filles?

— Mais oui, capitaine, j'espère, si elle n'est pas trop fatiguée, elle fera tout ce qu'elle pourra parce qu'elle sait que je souffre beaucoup.

— Mon pauvre Boda, votre bras ne me plaît pas, nous allons encore le montrer au grand patron, je ne dois pas vous cacher que j'en suis ennuyée.

— Alors, capitaine, que pensez-vous? Vous croyez qu'il me faudra arriver à le donner au pays, ce bras qui a tué tant de Boches!

— Vous savez, Boda, que tout sera essayé pour vous le conserver, mais avec un brave comme vous on ne raconte pas des histoires.

— Peut-être, je ne dis pas non, nous verrons. Le docteur Létang a dit qu'on allait essayer un autre traitement... C'est dur, vous savez, mademoiselle, de se décider à perdre un membre après si longtemps, si encore on me l'avait coupé tout de suite! mais il y a douze mois que je suis blessé, maintenant que je sais que je ne partirai plus, que j'ai accepté de reprendre la maison de mon patron, qui se retire parce qu'il a perdu son fils unique, que j'ai vu la possibilité d'empêcher ma femme de travailler, c'est dur! oui, c'est dur!

Pour quelques secondes l'affreuse réalité : la guerre! cette lutte inhumainement sauvage, inique, qui par la volonté d'un seul être détraqué, d'un monstre, d'un fou (et encore le traiter de malade c'est lui donner des excuses, des circonstances atténuantes), avait jeté les uns contre les autres des hommes sains, les plus forts, les mieux portants, cette calamité qui malgré notre inlassable patience s'était abattue sur notre pays pour le malheur de tant de foyers, la guerre comme un fantôme s'estompa dans la salle! Tous ces braves, plus ou moins estropiés pour le reste de leur existence, eurent des visions, ils revirent les horreurs dont ils avaient été témoins, ils se rappelèrent les souffrances endurées : les tranchées, la pluie, la boue, le froid, la faim, l'angoisse en attendant l'action, ces quelques minutes avant les assauts pendant lesquelles les êtres chers se profilaient devant leurs yeux; le bombardement, le vacarme infernal du sifflement et des éclatements des obus, l'attaque, les camarades qui tombent et qu'on ne peut secourir, les plaintes et les appels des blessés, parfois la fatalité s'acharnant contre certains pauvres diables d'autres obus éclatant tout près d'eux, les blessant à nouveau ou les achevant.

Ah! Jeunesse! Générations malheureuses qui avez vécu la guerre, cette guerre fantastique, vous vous souviendrez! efforcez-vous qu'on n'oublie point nos glorieux morts, qu'on les vénère longtemps, toujours! votre devoir est de perpétuer la mémoire des héros, des êtres sublimes qui ont régénéré notre France, notre Frnace qui a su susciter par sa loyauté et son héroïsme l'admiration universelle.

Comprenant tout ce qu'avait de pénible le silence qui avait suivi la triste remarque de Boda, je plaisantai avec mon auxiliaire. Tous ces hommes, qui étaient en somme de grands enfants, au moral admirable, reprirent vite le dessus et les éclats de rire recommencèrent et redoublèrent lorsqu'on vit « Petites Pattes » gesticuler et grimacer parce que je venais de lui mettre de la teinture d'iode sur ses plaies.

M'adressant à mon auxiliaire, je lui dis :

— Vous mettrez une bonne épaisseur de coton cardé et vous terminerez le pansement de « Petites Pattes ».

Puis je passai à un autre blessé.

— Vous ne savez pas capitaine, fit Boda, il faudra donner quelque chose pour faire dormir « l'Illustre Vingt-Trois », il passe des nuits blanches!

— Oh! s'exclama le zouave, c'est pour me chiner qu'il dit ça, simplement parce que j'ai pas entendu les blessés arriver cette nuit.

— Même qu'il croit qu' c'est un bateau, ajouta railleur « Petites Pattes »; faut-il qu'il ait un sommeil pour pas entendre les quatre coups de cloche dans la tranquillité de la nuit!

— Enfin, capitaine, c'est-y vrai?

— Tout ce qu'il y a de plus exact, les quatre coups retentirent à une heure vingt-cinq, il y avait deux voitures d'ambulance.

— Sont-ils bien amochés, les camarades? demandèrent plusieurs voix.

— Non, pas trop, heureusement.

A ce moment une sonnerie prolongée annonça la présence du chirurgien dans l'hôpital. Il fit sa visite dans toutes les salles.

A onze heures la secrétaire servit le repas.

Sur un immense carré où s'ouvraient plusieurs salles, les infirmiers montaient les plats de la cuisine, et les directrices de salle venaient chercher avec leur auxiliaire, munies d'immenses plateaux, les portions de grand et de petit régime; souvent des malades complaisants faisaient le service de leur salle; souvent aussi un bruit de vaisselle se brisant avec fracas, faisait tressaillir tout le monde et soulignait un geste maladroit du malheureux qui avait fait glisser la pile d'assiettes du plateau; cet accident était si fréquent qu'on finit par remplacer les assiettes en porcelaine par d'autres en étain, car l'hôpital faisait de véritables rentes aux marchands.

L'après-midi je renouvelais certains pansements, j'arrivais parfois à tricoter pour des pollus aux tranchées pendant que mes blessés se reposaient.

Durant ces instants où seuls les doigts s'agitent, la pensée libre alors, qu'on ne retient plus s'échappe, la mienne me ramenait souvent à cette nuit où, faisant mes débuts d'infirmière de guerre, j'avais soigné ce jeune lieutenant qui avait été évacué sur Paris et je me demandais ce qu'il avait pu devenir?

Je me rappelais le rapide et succinct diagnostic du major de

Douée d'une voix merveilleuse, elle chantait divinement. (p. 20.)

garde : « Nerf sciatique probablement touché. » Sachant combien ces blessures sont longues à guérir et puisque c'était une des spécialités de notre hôpital, j'eus longtemps l'espoir de le voir arriver et, chaque fois que les quatre coups annonçaient des blessés, j'espérais retrouver ces yeux si doux, m'imaginant déjà pouvoir le soigner moi-même, mais je me rendis à l'évidence peu à peu et je finis par me dire que c'était de la folie que de compter le revoir et de m'attacher à ce souvenir. Je m'efforçai de n'y plus penser; le jour c'était encore facile à cause du mouvement, du va-et-vient, mais la nuit, lorsqu'on veille, certains souvenirs vous hantent.

L'infirmière qui venait uniquement pour passer les nuits tomba malade et je fus désignée pour la remplacer.

Ah! ces longues heures de rêverie que nul bruit extérieur ne vient troubler! comme elles sont pénibles et semblent interminables.

Durant les premières veilles, les impressions sont multiples; sans avoir peur on ressent une agitation intérieure causée par le calme de la nuit, dans une obscurité presque totale où l'on n'a pour se diriger qu'une veilleuse ou une ampoule électrique teintée dans un coin de la salle. Cette tranquillité que trouble seule la respiration de tous ces hommes dormant d'un sommeil agité, agit sur tout le système nerveux, on tend l'oreille au moindre bruit. Mais ce qui semble le plus effrayant les premières fois, ce sont les malades qui rêvent tout haut, d'une voix bizarre, articulant des mots sans suite, ou des phrases qui laissent deviner les cauchemars de ces pauvres cerveaux encore sous l'impression des scènes sanglantes, terribles qu'ils ont vécues. On entend tout à coup : « Aller les gars, sus aux Boches!... Feu! Couchez-vous! » D'autres joignant le geste à la parole s'asseyent dans leur lit et faisant le simulacre d'égorger quelqu'un, hurlent : « Ah! sale Boche, tu ne m'auras pas! »

Lorsqu'on a à faire à de grands blessés qui geignent, ces plaintes dans la nuit sont encore plus poignantes; une rage vous serre le cœur lorsqu'on songe qu'il n'y a rien d'accidentel dans toute cette horreur et que tous ces hommes sont là couchés, blessés, souffrants, estropiés de par la volonté d'un seul être.

Ces hommes ont besoin d'être distraits. Il faut qu'on leur fasse oublier et ce qu'ils ont vu et ce qu'ils ont fait, aussi organisons-nous souvent des intermèdes musicaux, des concerts.

Mlle Girard et moi nous avons surnommé une de nos infirmières : « le Bon Dieu ambulant. » C'était Mme Line Tylmar. A elle incombait le soin d'organiser les concerts, parce que douée d'un merveilleux organe elle chantait divinement et était ainsi le principal attrait de ces récréations musicales; elle amenait aussi d'autres artistes recrutées à l'Opéra-Comique, à la Comédie-Française, etc., qui prêtaient aimablement leur concours et venaient simplement divertir nos poilus. Mlle Girard, musicienne remarquable, y prenait toujours part comme pianiste.

Pour ces matinées tous les bancs du jardin étaient alignés sur le grand carré où on distribuait les repas. Les blessés les plus valides y prenaient place, on installait les plus faibles dans des fauteuils et sur des chaises longues et les pauvres alités qui aimaient la musique étaient traînés dans leur lit. Puis régulièrement un bon goûter venait clore la séance.

Mais un beau jour il nous fallut quitter cet hôpital que nous avions installé. On le prenait pour le rendre à l'école; ce fut pour moi un véritable chagrin, j'y avais vécu dix-sept mois! Que de souvenirs, d'émotions diverses, d'heures pénibles, angoissantes ! Mais par contre, notre amitié réciproque avec Mlle Girard venait de subir l'épreuve de la vie côte à côte continuellement et elle sortait de là victorieuse, affermie et grandie. Tout ce que nous avions vu et éprouvé ensemble, l'avait rendue plus solide. Aussi conservons-nous malgré tout, de ces heures écoulées, un souvenir vers lequel notre pensée aime à s'envoler souvent.

## V

### A L'HOPITAL MILITAIRE

MALGRÉ de nombreuses et belles propositions, je refusai les postes que m'offrait la Croix-Rouge, voulant cette fois-ci travailler dans un hôpital militaire et c'est ainsi que nous prîmes du service avec Mlle Girard comme infirmières dans un hôpital militaire comprenant plusieurs centaines de lits, plusieurs centaines d'infirmières, les unes venant régulièrement, assurant un service complet, d'autres venant en amateurs deux ou trois fois par semaine.

Nous nous engageâmes pour un service de tous les jours, dimanche compris, après un court entretien avec la surveillante générale.

Nous eûmes chacune un service de dix lits occupés par de moyens blessés. Par hasard nos secteurs étaient voisins, ce qui nous permit d'échanger nos impressions.

Nous avions consciencieusement décousu tous les insignes exigés par les Sociétés de Croix-Rouge, le galon rouge pour les infirmières diplômées, les initiales de la Société, les petites croix sur les bonnets, les blouses et les tabliers, car comme il y avait à l'hôpital des infirmières des différentes Sociétés, le médecin chef avait fait supprimer tous les insignes pour éviter les distinctions et les jalousies.

Il nous fallut quelque temps pour nous habituer à notre nouvel hôpital. C'est assez compréhensible, car bien que nous fussions ensemble nous nous trouvions toutes dépaysées.

Nous quittions un petit hôpital de famille, pour ainsi dire, où toutes les infirmières se connaissaient, où nous étions accoutumées et faites aux habitudes des chefs qui, nous ayant vues à l'œuvre, nous considéraient comme des collaboratrices. Là nous étions perdues dans le nombre et les blessés pas très gravement atteints n'occupaient pas assez notre esprit pour que le changement ne nous fût pas pénible. Auparavant nous avions des pansements à faire. Ici nous faisions surtout du ménage. Heureusement, nous changeâmes bientôt de service et fûmes affectées à une salle de grands blessés.

Depuis que nous étions arrivées à l'hôpital nous entendions toutes les infirmières parler avec respect presque avec crainte de cette salle. Le service y était très dur, très fatigant, disait-on, jamais de repos, la journée n'était terminée que lorsqu'il n'y avait plus rien à faire; c'était en tremblant qu'on y entrait quand par hasard le service voulait qu'on eût un renseignement à demander, jamais on ne voyait dans les couloirs les infirmières de cette salle qui, ayant tout sous la main: salle de pansements et salle d'opérations, n'avaient pas à bouger de chez elles.

Les quarante lits de ce service formaient donc un petit hôpital à part, calme, discrètement dissimulé dans le bruit du grand, tout en y tenant la première place. On n'y conservait que les grands blessés, on y transportait tous les cas graves, on y voyait des choses terribles. Mais tout cela, le travail, la régularité, l'exactitude n'étaient point choses à nous effrayer.

Dès notre entrée dans la salle je fus agréablement surprise par son aspect: elle était très longue, très haute de plafond, toute blanche, inondée de lumière tamisée par des stores jaunes, il y régnait le calme et la tranquillité. Sur la table du milieu se dressait un immense vase en cristal rempli de fleurs naturelles; de grands palmiers étaient disséminés dans la salle. Ce lieu forcément triste, où venaient se cacher tant de douleurs et où se déroulaient tant de drames, une main de femme l'avait enjolivé autant qu'il était possible; on sentait la recherche, la préoccupation constante d'un esprit qui veut améliorer toujours, et d'un cœur qui cherche à adoucir les souffrances.

Après un entretien rapide, clair et cordial avec l'infirmière-major, il fut convenu que Mlle Girard et moi remplacerions pendant deux mois deux autres infirmières souffrantes.

Le lendemain matin nous commençâmes notre service.

Nous eûmes pour nous deux dix lits. Nous fûmes charmées de l'accueil que nous firent les autres infirmières. Quoiqu'un peu réservées elles se montrèrent d'une extrême complaisance pour nous donner des renseignements et nous mettre au courant des habitudes.

La mère du service, qui était comme nous le sûmes par la suite, une délicieuse petite sœur admirable de dévouement et d'entrain pour remonter le moral des blessés, venait jeter un coup d'œil de notre côté de temps en temps sans en avoir l'air.

Quelques jours passèrent puis nous fûmes réclamées par un autre hôpital militaire; Mlle Girard pour la stérilisation et moi comme infirmière-major d'une salle de vingt-cinq lits. Etant donnée notre situation provisoire actuelle il fallait réfléchir. Nous résolûmes d'exposer le cas nettement, tel qu'il était, à la major. J'allai la trouver, la lettre de l'hôpital en main, et la lui présentai en la priant de la lire. Puis, j'ajoutai:

— Il nous a suffi, madame, à mon amie et à moi de peu de jours pour apprécier votre service. Malheureusement nous ne sommes que momentanément avec vous, voilà ce que l'on nous propose, que devons nous faire? Ne pensez-vous pas, madame, pouvoir nous garder par la suite, si vous êtres satisfaite?

Après quelques mots empreints de bonté, la major dit que peut-être, en effet, garderait-elle l'une des deux, mais qu'elle ne croyait pas avoir besoin de l'une et de l'autre.

— C'est que voilà, madame, nous ne voulons pas nous séparer, répondis-je fermement.

J'eus à peine fini de prononcer ces mots que je sentis peser sur moi son regard enveloppant aussi discret qu'il était scrutateur.

— Eh! bien je vous garde toutes les deux dans ces conditions-là et, quoi qu'il arrive, venez toujours me trouver comme vous venez de le faire.

Alors commença pour nous avec cette perspective de tranquillité et de stabilité une ère heureuse qui semblait ne devoir prendre fin qu'avec la guerre.

Le service de la salle où nous nous trouvions était un peu spécial, c'était comme un petit hôpital d'évacuation ou de triage; tous les blessés y passaient, ils y étaient amenés directement du bureau des Entrées.

Après la toilette ils étaient conduits à la radiographie. Puis un peu plus tard le major les examinait dans une grande salle de pansements surchauffée et imposante.

L'examen terminé, le major laissait parfois tomber ces seuls mots : « Ce malade salle 30. » Ce qui voulait dire que, point assez sérieusement blessé pour rester dans notre service, on le passait dans une autre salle.

Les pansements étaient faits en général par un autre médecin. Le chef, lui, ne s'en réservait que quelques-uns. Il faisait toutes les opérations et passait la visite matin et soir. Quand il était dans la salle le silence le plus absolu y régnait. Une fois qu'il était parti le travail courant reprenait. Les blessés recommençaient leurs conversations ou leurs plaintes.

Quelquefois on entendait un appel : « Des bras s'il vous plaît! » Ce qui signifiait qu'une infirmière avait un malade à changer, à soulever ou à mettre sur le chariot et qu'elle demandait non pas aide et protection mais aide et muscles.

L'entente parfaite qui régnait, l'excellente camaraderie permettaient de supporter le travail parfois fatigant de ce service. Cet accord devait être attribué à l'exemple de justice, de dévouement, d'inlassable générosité, d'uniformité de caractère, d'énergie

C'était un plaisir pour les infirmières que de passer les objets choisis aux mains tendues. (p. 26.)

de l'infirmière-major, toujours la première à donner un coup de main pour les travaux les plus pénibles ou les plus rebutants, et qui employait son autorité à se les réserver. Femme admirable de fermeté, trésor de délicatesse, belle âme de Française dont le patriotisme savait faire taire et dissimuler les angoisses d'une mère et ses pleurs. Elle mérite une place d'honneur dans le Livre d'Or des Françaises qui se seront dévouées intelligemment et efficacement corps et âme.

Pour les blessés, elle s'efforçait par des attentions constantes de leur faire oublier leurs douleurs. Mais c'est surtout à certaines occasions qu'elle leur prodiguait des gâteries.

Ceux qui passèrent un jour de Noël étendus sur un lit dans notre service se souviendront toujours des douceurs et des surprises qui leur furent ménagées par notre infirmière-major.

Un sapin, sur lequel avec un goût exquis étaient éparpillés

tous ces mille riens chatoyants qui appellent le regard, des fils de la Vierge, des cheveux d'ange, la flamme vacillante de très nombreuses petites bougies, de toutes les couleurs, éparpillées de haut en bas, faisait sur un chariot tout le tour de la salle plongée dans la plus complète obscurité, puis il prenait place au milieu de la salle.

En fixant ces petites bougies qui se consumaient lentement l'imagination se représentait tous ces êtres souffrants au milieu des leurs, dans leur foyer, et eux-mêmes à voir les attentions qui leur étaient prodiguées et les gâteries dont ils étaient l'objet, devaient avoir l'impression d'une véritable fête de famille, car, une fois la promenade de l'arbre de Noël terminée, la major, aidée des infirmières, distribuait à chacun de fort jolis cadeaux. Et c'était vraiment un spectacle touchant que de voir leur surprise, leur douce émotion, leur hésitation à choisir entre deux cartons. Quant aux infirmières c'était un plaisir pour elles que de passer les objets choisis aux mains tendues, parfois enveloppées, toujours légèrement tremblantes de leurs blessés.

Cette semaine de fin d'année était pour tous ces braves une semaine de gâteries sans fin; c'était presque journellement un bon déjeuner, ou un bon goûter, la distribution de quelques petits souvenirs donnés par les infirmières à leurs malades respectifs.

## VI

### RENCONTRE

Quelles ne furent pas ma surprise et mon émotion en voyant entrer dans la salle un matin un officier marchant avec des béquilles, qui s'adressa à notre infirmière-major et lui demanda à quelle heure il pourrait voir le chirurgien.

Du premier coup d'œil j'avais reconnu le petit blessé de la gare du Bourget. Pourtant je m'approchai de lui pour m'assurer que ce n'était pas une illusion. A ce moment-là se retournant il m'aperçut, la phrase qu'il prononçait se figea sur ses lèvres, il avança d'un bond vers moi et ne put me dire que ces mots :

— Mon infirmière!

Nous nous serrâmes la main comme de vieilles connaissances. Je n'en croyais pas mes yeux! Nous étions heureux et émus tous deux de nous retrouver.

Il voulait dire quelque chose, ne serait-ce que comme contenance et commença :

— Madame, mademoiselle, je bénis le hasard...

Mais ne le laissant point achever je le fis passer derrière les lits de mon secteur, là après l'avoir fait asseoir je lui demandai ce qu'il venait faire ici et comment il s'y trouvait.

— J'y viens, me dit-il, pour consulter votre chirurgien qu'on dit spécialiste pour les nerfs, car voyez ma jambe, je ne peux m'en servir. Mais laissez-moi, chère infirmière, vous féliciter de votre abnégation, de votre endurance puisque dix-huit mois après notre rencontre je vous trouve encore à la tâche sacrée que vous vous êtes imposée volontairement. Combien de fois l'ai-je revécue cette nuit où une fée ayant revêtu l'uniforme d'une petite sœur blanche de la guerre et qui avait vos traits se pencha et fit boire maternellement le blessé bien affaibli que j'étais et qui se sentait bien mal.

— Contez-moi votre voyage.

— Il fut pénible; d'abord en vous quittant je reperdis le courage et l'espoir que votre sollicitude avait fait renaître en moi. Vous ne vous doutez pas à quel point sont un baume pour ceux qui souffrent un visage et des mains de femme; les blessés près de leurs infirmières oublient les horreurs qu'ils ont vues. Enfin, malgré vos recommandations, car je vous entendis prescrire la lenteur et éviter les cahots, et malgré les ménagements du conducteur, le moindre choc, inévitable me faisait horriblement souffrir, puis vers la fin du trajet un froid intense m'envahit des pieds à la tête, j'avoue avoir eu peur sans me rendre compte.

— Vous ne connaissiez pas ce symptôme précurseur d'une hémorragie?

— Non, et même je ne me suis pas expliqué davantage l'humidité chaude que je ressentais exclusivement sur mon membre blessé, je m'assoupissais d'ailleurs quand on me descendit. Les premiers mots que j'entendis, prononcés par un infirmier de garde, furent : « Le garrot! Et qu'on prépare la salle d'opérations. » En moins de temps qu'il ne faut pour le dire ma jambe fut garrottée et je compris alors seulement ce qui se passait. On m'opéra quelques instants après. Et le lendemain tout à fait revenu à moi, je me vis dans une salle claire, ripolinée, dans un lit bien blanc et moelleux avec des camarades à mes côtés. Près de moi une infirmière très attentionnée, mais qui n'éclipsait pas celle de la veille, celle du Bourget, me demanda comment je me sentais et prenant une compresse pliée sur ma table de nuit, me dit :

« — Voulez-vous voir la balle qu'on vous a retirée?

« Je fus très bien soigné dans cet hôpital de Croix-Rouge, situé près des Invalides, mais voyant que ma jambe ne revenait pas on m'a conseillé, mon nerf sciatique étant touché, de voir s'il n'y aurait pas une autre opération à faire. »

C'est en effet ce qui se produisit. Notre chirurgien opéra le lieutenant Berger quelques jours après et, comme je le connaissais, l'infirmière-major voulut bien le mettre dans mon secteur; ce fut donc moi qui le soignai. L'opération réussit à merveille, il ne fallait plus au blessé que de la patience, et le massage ensuite lui rendrait l'usage de sa jambe au bout de quelques mois.

Nous bavardions ensemble journellement : il me demandait mes impressions sur mes différents services, lui me parlait de ses premiers combats, un jour il me conta comment il avait été blessé.

— Je venais d'arriver, me dit-il, dans le petit village de J... avec ma compagnie, les Allemands fuyaient, nous entrions dans chaque maison pour nous rendre compte qu'ils étaient bien tous partis; tout était bouleversé, pillé, ces ignobles Boches laissent trace de leur passage par la destruction de tout ce qui tombe sous leurs pattes; serrés de près par nous ils n'avaient pas eu le temps d'incendier les maisons. Nous avançâmes avec précaution jusqu'à l'orée d'un petit bois; à ce moment-là un obus éclate et couche trois de mes hommes et la surprise nous cloue sur place une seconde, mais d'une voix que je tâchai d'affermir je criai : « En avant! » Un second obus me tue encore deux braves, j'aperçois alors une tranchée à quelques mètres de nous, je hurlai à mes hommes d'y descendre et je les rejoignis lorsque tous y eurent pris place.

« Nous voilà réfugiés dans cette tranchée point très profonde mais assez longue. Les projectiles sifflaient au-dessus de nos têtes. Au bout de deux heures il y eut une accalmie, un silence morne fit suite au vacarme infernal qui n'avait pas cessé depuis le matin; dans ce silence angoissant et lourd nous perçûmes bientôt les plaintes des blessés qu'on n'avait pu encore secourir. Tout près de nous une voix demanda : « A boire! » Je fis quelques pas et découvris dans une anfractuosité de la tranchée un officier boche blessé à la tête, assis et appuyé contre un sac de fantassin; je pris mon bidon et me disposai à lui donner à boire, novice, inexpert, sans défiance, quand à ce moment il releva la main et déchargea sur moi son revolver. Je fis heureusement un bond de côté, mais une balle se logea quand même dans ma cuisse.

Un jour, il vint me trouver derrière mes lits (p. 30.)

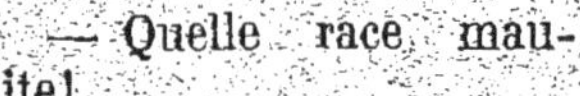

— Quelle race maudite!

— Il était très grièvement atteint et l'effort qu'il fit pour me viser l'acheva, son acte monstrueux trouva en lui-même son châtiment.

— Quels barbares! m'exclamai-je.

Et tous les jours ainsi il me contait une anecdote ou un épisode de cette grande guerre, lutte de la loyauté, la confiance et l'honneur contre l'esprit du mal dans toute son horreur agrémentée de tous les raffinements

# VII

## FIANÇAILLES

Le résultat de ces causeries, de cet échange de vues, fut que la reconnaissance d'un côté, l'attachement affectueux de l'autre se changèrent bientôt en des sentiments plus forts.

Puis un jour, les premières fois qu'il se leva, il vint me trouver derrière mes lits où le jour de son arrivée je l'avais fait asseoir, et timidement demanda s'il ne me dérangeait pas. En lui avançant une chaise je l'examinai à la dérobée car sa voix était changée, il semblait très ému. Je craignis quelques secondes une mauvaise nouvelle, mais ce fut court, son air mystérieux, embarrassé, rapproché à une secrète intuition qui me troubla au point de ne pouvoir prononcer une syllabe me firent pressentir que l'instant était grave.

Je ne me trompais pas; en phrases hachées par une émotion qu'il fallait contenir dans le cadre où nous étions, mais qui faisait paraître sa voix jeune encore plus chaude, il me dit d'une façon charmante et délicate tout ce que j'avais deviné, aveux qui effleuraient ses lèvres depuis longtemps, que je crus plusieurs fois sur le point d'être révélés et que j'attendais. Aussi lorsqu'il me dit qu'il espérait que je voudrais bien lui donner en échange de son admiration et de son affection ma petite main blanche si douce, sans le faire trop attendre, je lui répondis : « Je ne demande pas mieux! »

Mais combien il nous fallut d'empire sur nous-mêmes pour conserver notre calme, une impassibilité parfaite, pour ne pas laisser deviner à ceux et à celles qui allaient et venaient dans la salle toute la portée des paroles que nous échangions.

Il m'avait fait connaître peu à peu tous les membres de sa famille à qui successivement il avait demandé de venir le voir.

Aussi à sa première sortie je l'emmenai chez moi pour le présenter à la mienne.

Cependant le lieutenant Berger se remettait graduellement; un jour le major qui le soignait lui offrit de le proposer pour la réforme, il refusa et demanda seulement un mois de convalescence son traitement de physiothérapie terminé. Il l'obtint et le passa à Paris naturellement. Tout son temps fut consacré aux douceurs de nos fiançailles familiales et intimes.

Pourquoi avait-il refusé la réforme proposée? parce que ayant parlé de mariage, je lui avais répondu :

— Non, pas pendant la guerre! Nous devons conserver nos bras à notre Patrie.

Bien gentiment il avait fait observer que la Patrie ne perdrait pas tout, que nous travaillerions pour elle! Mais j'avais souri et j'avais dit non!

Tout passe, la convalescence s'acheva et il fallut se séparer. Oh! ce fut le cœur bien gros de part et d'autre. Nous nous écrivîmes tous les jours; lui me parlait de sa vie dans les tranchées, de ses hommes, avait un mot ému chaque fois qu'il en perdait un, mais malgré sa promesse formelle de tout me dire il atténuait le plus possible la réalité, et dissimulait les dangers auxquels il était exposé.

De mon côté je l'entretenais de mon service sans lui parler de ma fatigue, ni de mes craintes à son sujet.

La fin de l'année arriva, mon fiancé n'eut pas comme il l'espérait la possibilité de venir passer quelques heures près de moi; cette déception mit dans ses lettres un peu de tristesse.

Pour moi elle fut extrêmement pénible et augmenta encore ma nervosité. Une inquiétude de plus en plus vive s'empara de moi et finit par me causer une véritable douleur physique. Je sentis le besoin de changer de cadre, de me dépenser davantage, de tuer ou du moins d'engourdir mon angoisse par une fatigue plus grande encore, et résolument, après en avoir causé longuement avec notre infirmière-major, je pris avec Mlle Girard la décision de partir sur le front dans une ambulance avancée.

Le major nous approuva et nous conseilla vivement de faire une demande. Le hasard voulut que Mme Tylmar, qui se trouvait dans une ambulance en Champagne, eut besoin de deux infirmières et qu'elle leur en fit part. Le mot qui engage, le mot d'acceptation fut prononcé.

Alors en attendant notre ordre de départ ce fut la période déprimante, énervante pendant laquelle on croit à tout instant recevoir la nouvelle qui doit apporter un changement dans l'existence; période où l'on analyse tout ce que l'on quitte pour se demander ce que l'on trouvera; où les yeux se posent avec tristesse sur les objets environnants dont on connaît la place; où les allées et venues, l'allure des personnes qui vous coudoient, bien que connues, sont étudiées de nouveau afin d'enregistrer les moindres détails.

Un départ, voulu ou non, c'est toujours quelque chose de déchirant, c'est une étape de la vie qui prend fin, on laisse toujours derrière soi un peu de soi-même.

Nous vécûmes ainsi pendant quinze jours. Chaque matin, à notre arrivée à l'hôpital, les yeux amis nous interrogeaient par un regard inquiet et un peu voilé, pour savoir si le jour du départ était fixé.

Nous assurâmes notre service jusqu'au dernier moment. Nous y passâmes encore la matinée du dimanche 6 mai et nous partîmes le lundi matin à huit heures pour la Champagne!



FIN

*Pour paraître vendredi prochain :*

LA VOIE SACREE

N° 52. Collection " Patrie ". Paris. — Imp. de Vaugirard